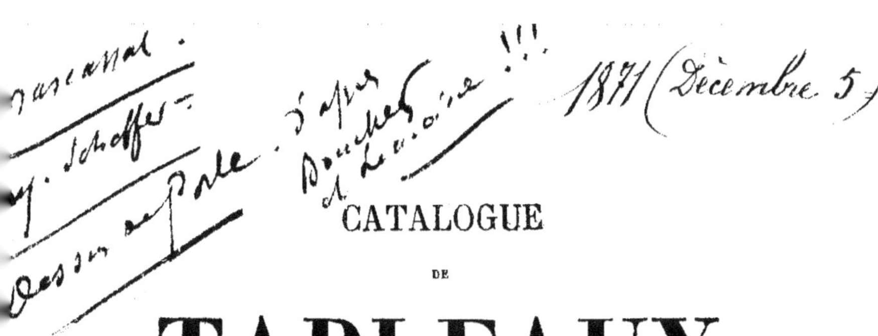

CATALOGUE

DE

TABLEAUX

ANCIENS ET MODERNES

DEUX ŒUVRES CAPITALES PAR BRASCASSAT ET ARY SCHEFFER

Pendules, Régulateurs,
Bronzes d'art, Porcelaines du Japon et autres

QUELQUES DESSINS ET MINIATURES

BEAUX DESSUS DE PORTE

D'après **BOUCHER** et par **LEMOINE**

DONT LA VENTE AUX ENCHÈRES PUBLIQUES AURA LIEU

PAR SUITE DU DÉCÈS DE M. X***

HOTEL DROUOT

SALLE N° 1

Le Mardi 5 Décembre 1871

A UNE HEURE ET DEMIE

Par le ministère de Me **HENRI LECHAT**, Commissaire-Priseur,
rue Baudin, 6 (square Montholon),
Assisté de **M. FEBVRE**, Expert, rue Saint-Georges, 14
Et de **M. WARNECK**, rue Auber, 1,
Chez lesquels se délivre le Catalogue.

EXPOSITION PUBLIQUE

Le Lundi 4 Décembre 1871, de une heure à cinq heures.

PARIS — 1871

RENOU ET MAULDE

IMPRIMEURS DE LA COMPAGNIE DES COMMISSAIRES-PRISEURS

Rue de Rivoli, 144

CATALOGUE

DE

TABLEAUX

ANCIENS ET MODERNES

DEUX ŒUVRES CAPITALES PAR BRASCASSAT ET ARY SCHEFFER

Pendules, Régulateurs,
Bronzes d'art, Porcelaines du Japon et autres

QUELQUES DESSINS ET MINIATURES

BEAUX DESSUS DE PORTE

D'après BOUCHER et par LEMOINE

DONT LA VENTE AUX ENCHÈRES PUBLIQUES AURA LIEU

PAR SUITE DU DÉCÈS DE M. X***

HOTEL DROUOT

SALLE N° 1

Le Mardi 5 Décembre 1871

A UNE HEURE ET DEMIE

Par le ministère de M⁰ **Henri LECHAT**, Commissaire-Priseur,
rue Baudin, 6 (square Montholon),
Assisté de **M. FEBVRE**, Expert, rue Saint-Georges, 14
Et de **M. WARNECK**, rue Auber, 1,
Chez lesquels se délivre le Catalogue.

EXPOSITION PUBLIQUE

Le Lundi 4 Décembre 1871, de une heure à cinq heures.

PARIS — 1871

CONDITIONS DE LA VENTE

Les Acquéreurs paieront CINQ POUR CENT en sus des adjudications.

DÉSIGNATION

TABLEAUX MODERNES

ANDNÉ

1 — L'Entente (Pastel).

2 — Jeune Glaneuse (Pastel).

BELLANGÉ (Hippolyte)

3 — Plage normande avec grande quantité de figures.

BERTIN

4 — Paysage avec le sujet de Jésus guérissant un
malade.

BRASCASSAT (1833)

5 — Taureau se défendant des attaques d'un chien.
Œuvre capitale.

D. B. (Théodore)

5 *bis* — Marée basse.

BRASCASSAT (1831)

6 — Vaches et Moutons dans un paysage.

COIGNARD (Jules), 1857

7 — Animaux à l'abreuvoir. ·

COLLIN (A.)

7 *bis* — Vieille prédisant l'avenir à une jeune fille.

DARUPT (Chasles)

8 — Jeanne-d'Arc et Charles VII.

DUPRÉ (Jules)

9 — Enfants de pêcheurs sur le bord de la mer.

DUVAL (le Camus)

10 — Petit Savoyard assis près d'une habitation.

11 — La Déclaration.

FRANQUELIN

12 — Jeune Fille italienne consultant les cartes.

13 — Paysanne allaitant un enfant.

FRANQUELIN (D'après)

14 — Jeune Bonne se parant de fleurs.

F. (Signé)

15 — Marine et Plage.

GASSIES

15 *bis* — Plage normande.

GASSIES (Jean-Baptiste), 1831

16 — Deux Pêcheuses surprises par la marée.

16 *bis* — Le Grain.

GASSIES (1824)

17 — Femme de pêcheur sur le bord de la mer.

17 *bis* — La Marée montante.

GUÉ (Oscar), 1831

18 — Enfants jouant près d'une habitation.

GUÉ (1836)

19 — Village normand.

GUDIN (Théodore), 1826

20 — Marine; soleil couchant.

GUDIN (Théodore), attribué à

21 — Marine.

GRENIER (F.)

22 — Paysanne à la fontaine.

GROSCLAUDE

23 — Homme assis tenant un verre.

24 — Homme assis chargeant sa pipe.

JOUHANNOT (Alfred)

25 — Petit Garçon et Chien de Terre-Neuve.

LECOMTE (Hyppolite)

26 — Espion amené devant un officier supérieur.

PERROT (Ferdinand)

27 — Marine.

RICOIS (François)

28 — Bords de la Seine.

29 — Vue d'un parc et d'un château.

30 — Autre Vue d'un château.

31 — Deux Chiens dans des paysages.

32 — Le Pont de Poissy.

33 — Paysage avec rivière.

ROBERT (Jules), 1834

34 — Vue du château de Chenonceaux (Aquarelle).

ROQUEPLAN (Camille), 1840

35 — Pêcheurs au repos; marée basse.

SERRUR

35 *bis* — Jeune Fille arrêtée par des brigands.

SCHEFFER (Ary)

36 — Un Vieillard assis près d'une chaumière regarde
des enfants qui dansent en rond.

SWEBACH (Desfontaine), 1823

37 — Une Chasse.

ÉCOLE MODERNE

INCONNUS

DESSINS, AQUARELLES & MINIATURES

Quatre beaux dessins en couleur représentant des personnages illustres sous des habits de théâtre.

BLANCHARD

53 — La Chirurgie.

54 — Le Roy Louis XIV dans le rôle d'Apollon.

55 — Le Roy Louis XIV sous un costume théâtral. Au bas, on lit :

> Dryades, et ceux la mesme qui avaient représntés les Furies, hors le duc de Roquelaure au lieu de Saint-Baptiste

56 — Le Frère du roy.

CALAME

57 — Sapinière en bas d'une montagne suisse.

Sépia.

VIDAL (Genre de)

58 — Roses et Tulipes (Aquarelle).

VERNET (Carle)

59 — Mameluck domptant un cheval (Dessin). Sujet gravé.

INCONNUS

60 — Le Duc de Bordeaux présenté au peuple dans le jardin des Tuileries (Aquarelle.)

61 — Divers Dessins anciens et modernes.

MINIATURES

62 — Portrait en buste du prince Talleyrand de Périgord (Miniature).

63 — Portrait d'une jeune Dame de l'époque de Louis XVI.

64 — Grisaille, imitation de camée (Miniature).

65 — Marche d'animaux, attribué à Demarne.

66 — Vue de la porte Saint-Denis, par Nicolle.

67 — Miniature italienne, sur vélin : Saints en adoration devant la Vierge et Jésus.

TABLEAUX ANCIENS

BOUCHET (François), D'après

68 — Cinq Dessus de portes : les Arts libéraux.

LEMOINE

69 — Quatre beaux Dessus de portes représentant Mars et Vénus, Méléagre, Angélique et Médor, et Vertumne et Pomone.

CANALETTO (École de)

70 — Une Vue du Rialto (Venise).

71 — Vue du grand Canal (Venise).

CARPENTERO (Attribué à)

72 — Berger gardant des moutons.

DURER (ALBERT), attribué à

73 — Sujet biblique.

NEEF (PIERRE)

74 — Intérieur d'église.

OMMÉGANCK (D'après)

75 — Pâtre endormi et Moutons au pâturage.

76 — Moutons traversant un gué.

PIAZZETTA

77 — Portrait d'un savant.

SERVANDONI (Jean-Jérome)

78 — Berger assis près de ruines antiques.

VERTANGEN (Daniel)

79 — Le Bain de Vénus.

ÉCOLE ESPAGNOLE

80 — Personnage représenté à mi-corps.

ÉCOLE ITALIENNE

81 — Saint en prière.

—⚬⚬⚬—

MEUBLES

———

82 — Une Bibliothèque en acajou avec filets en cuivre
et porte vitrée. Haut. 2 m. 3 c., larg. 1 m.

83 — Quatre autres Bibliothèques, même genre que la
précédente. Larg. 1 m. 60, haut. 1 m. 50.

PORCELAINES DU JAPON & AUTRES

84 — Encrier monté en bronze doré, avec pièces en ancien Sèvres, pâte tendre. Au centre, un arbuste en cuivre doré, avec fleurs en porcelaine.

85 — Grand Bol, avec couvercle, en ancienne porcelaine du Japon. Très-riche monture ancienne en bronze doré.

86 — Pot et Bassin en porcelaine de Sèvres, pâte dure. Décor de bouquets sur fond blanc.

87 — Trois Potiches en porcelaine du Japon; deux plus petites; deux Bouteilles en porcelaine du Japon. Montures en bronze doré.

88 — Une Potiche en porcelaine du Japon.

89 — Deux Cornets en porcelaine du Japon.

90 — Déjeuner en porcelaine de Berlin : une cafetière, pot au lait, théière, sucrier et plateau.

91 — Deux Tasses, même porcelaine, avec petites cuillères.

92 — Pot et Cuvette en porcelaine allemande.

93 — Huit Tasses et Soucoupes en porcelaine allemande.

94 — Deux Pots à fleurs en porcelaine de France. Décor à bouquets sur fond vert.

PENDULES & RÉGULATEURS

95 — Grande et splendide Pendule en marqueterie, genre Boule.

Cette pièce, de première grandeur, est ornée de bronzes rocaille d'une grande richesse; de plus, d'une figure de femme et d'Amours musiciens. En haut, est une autre figure d'un joueur de guitare.

96 — Pendule, avec mouvement compliqué de premier ordre, par Lézi. Elle est soutenue par huit colonnes en acajou ornées de bronzes dorés.

97 — Beau et grand Régulateur, mouvement par Blondeau. Très-belle gaîne en bois d'acajou.

98 — Régulateur, mouvement de Robert-Malinaux. Gaîne en acajou.

99 — Beau Cartel Louis XIV en bronze doré.

100 — Pendule portative de l'époque de Louis XIV. Cage en bronze doré.

101 — Petite Pendule. Cage en bronze doré.

102 — Pendule à cage en bronze doré. Mouvement de Victor Fleury (Paris).

103 — Pendule en bronze de l'époque de l'Empire. Sur le socle du cadran, est un Amour jouant de la flûte.

104 — Deux Statuettes en bronze : Enfants (allégorie de l'Étude).

105 — Pendule en bronze avec figure.

106 — Deux Candélabres à trois lumières, avec vases à mandarins en porcelaine de la Chine.

BRONZES D'ART

107 — Martyre attaché à un arbre.

108 — Statuette : Homme d'épée de l'époque de Louis XIII. par Rysbrack-Miché.

109 — Statuette : Jeune Homme portant une biche sur ses épaules.

110 — Le Duc d'Orléans (Statuette équestre).

111 — Le Duc d'Orléans (Statuette).

112 — Deux Coupes en bronze.

113 — Un Sanglier, d'après l'antique.

114 — Un Taureau , d'après l'antique.

115 — Autre Taureau, d'après l'antique.

116 — Comédien japonais (Statuette en bronze du Japon).

117 — Cinq Bustes en bronze de l'époque de l'Empire : les portraits de Descartes, Rousseau et autres hommes célèbres.

118 — Le Buste de Henri IV.

119 — Chien couché.

120 — Chien de chasse.

121 — Autre Chien de chasse.

122 — Cheval au repos.

123 — Deux Coupes avec les sujets d'Alexandre et Darius

124 — Un Taureau, d'après Rosa Bonheur.

125 — Grande quantité de petites Pièces en bronze.

126 — Lustre hollandais à six lumières.

127 — Lanterne d'escalier en bronze doré, époque
      Louis XVI.

OBJETS VARIÉS

128 — Statue en marbre blanc sculpté (demi-nature) :
      Bacchus jeune succombant à l'ivresse.

129 — Grand modèle en plâtre, par Fratin : Aigle dévo-
      rant un antilope.

130 — Quelques Plâtres, Statuettes, Charges, par Dan-
      tan, etc.

131 — Deux petits Vases en malachite.

132 — Trois Vases ovoïdes non montés en granit vert oriental.

133 — Sous ce numéro, les Objets omis.

Renou et Maulde, imprimeurs de la Compagnie des Commissaires-Priseurs,
rue de Rivoli, 144.   14619